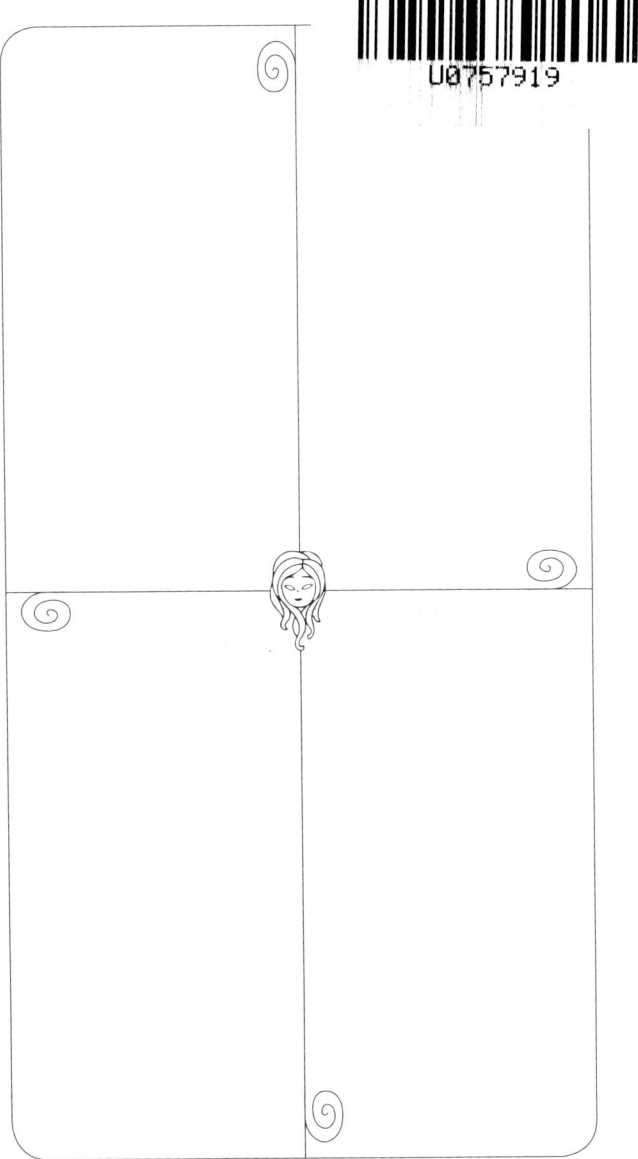

奥林匹斯

LA MYTHOLOGIE

山上的

VUE PAR LES

怪物

MONSTRES

有话说

大漩涡怪

Moi,

卡律布狄斯

Charybde,

piégée avec Scylla

[法] 西尔维·博西埃 著　徐洁 译

中央编译出版社
CCTP Central Compilation & Translation Press

Sylvie Baussier

Note

作者按

d'intention

de

l'autrice

如果我告诉你，希腊神话中的怪物们其实都保有一丝人性；

如果我告诉你，我们每个人的内心都有一处自己不愿面对的隐秘角落……

历史总是由胜利者来书写，我们对此已司空见惯：滑铁卢在英国的教科书里被描述成一场大胜仗，但在法国却不为人知！在神话故事里，忒修斯是大英雄，而米诺陶则成了大坏蛋……

可是，如果我们换个角度，是否可以关注一下“负面人物”呢？

或许，可以请他们来讲述一下自己的故事？

女士们、先生们，亲爱的读者们，现在就请拉着我的手，开启这段奇妙的旅程……

人物介绍
Les personnages

Charybde

卡律布狄斯

这位是大地女神盖亚和海神波塞冬的女儿。

因为不小心得罪了宙斯，她被变成了一个怪物，

宙斯罚她每天喝海水吐海水各三次。

从此以后，她成为大漩涡的化身，令水手们胆寒。

她住在西西里岛外海墨西拿海峡的一个洞穴里，

入口藏在一株无花果树后面。

Scylla

斯库拉

卡律布狄斯对面是斯库拉。

这姑娘原本是一位仙女，是蛇发女妖美杜莎的妹妹。

海神格劳科斯爱慕她，却引起了巫女喀耳刻的嫉妒。

斯库拉就这样被喀耳刻施法，样子变得非常可怕：

只见她下半身长着六条狗，见到什么都咬。

她是水手们惧怕的一块海中礁石的化身。

Poséidon

波塞冬

这位是海神波塞冬。

他是宙斯的兄弟，

也是卡律布狄斯的父亲。

Ulysse

奥德修斯

他是拉厄耳忒斯和赫耳墨斯神后裔

安提克勒亚所生的儿子。

作为英雄，也就是半神，他拥有非凡的能力。

可他和人类一样，肉体凡胎、难逃一死。

他是希腊岛屿伊塔刻岛的国王。

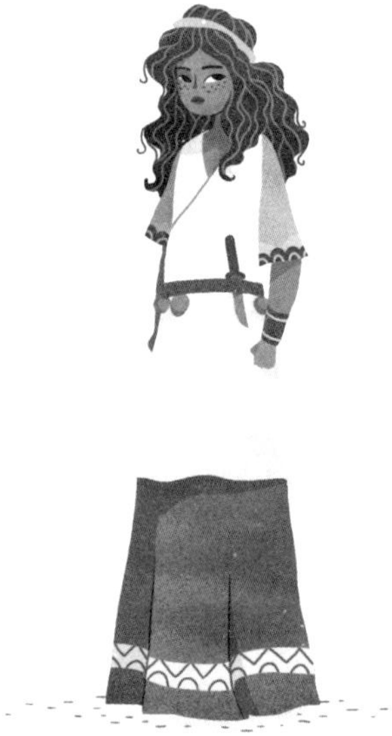

Médée

美狄亚

这位是国王埃厄忒斯的女儿。

他们的魔法王国位于黑海沿岸。

这位巫女个性坚毅，法力无边，

帮助伊阿宋偷走了珍贵的金羊毛。

Énée

埃涅阿斯

这位是特洛伊王子，

是安喀塞斯和女神阿佛洛狄忒所生的儿子。

他是特洛伊战争的英雄之一，

也是罗马城的缔造者。

Héraclès

赫拉克勒斯

这位半神是宙斯和凡人女子所生的儿子。

宙斯的妻子赫拉心生醋意，

强迫他必须完成他堂兄欧律斯透斯

交给他的12项功绩。

目录

第一章

我的目标 / 016

第二章

谁是小偷？/ 026

第三章

同病相怜的伙伴 / 034

第四章

一艘希腊船 / 042

第五章

这是怎么回事？/ 052

第六章

他们是谁？/ 060

第七章

我的梦境 / 068

第八章

形影不离的好伙伴 / 078

卡律布狄斯和斯库拉的传说 / 084

趣味游戏手册 / 098

Table des matières

Chapitre 1

Mon but / 017

Chapitre 2

Qui est le voleur? / 027

Chapitre 3

Une compagne de malheur / 035

Chapitre 4

Un navire grec / 043

Chapitre 5

Comment cela a-t-il pu arriver? / 053

Chapitre 6

Qui est-ce? / 061

Chapitre 7

Mon rêve / 069

Chapitre 8

Deux amies inséparables / 079

Le mythe de Charybde et Scylla / 085

Cahier de jeux / 099

第一章

我的目标

Chapitre 1

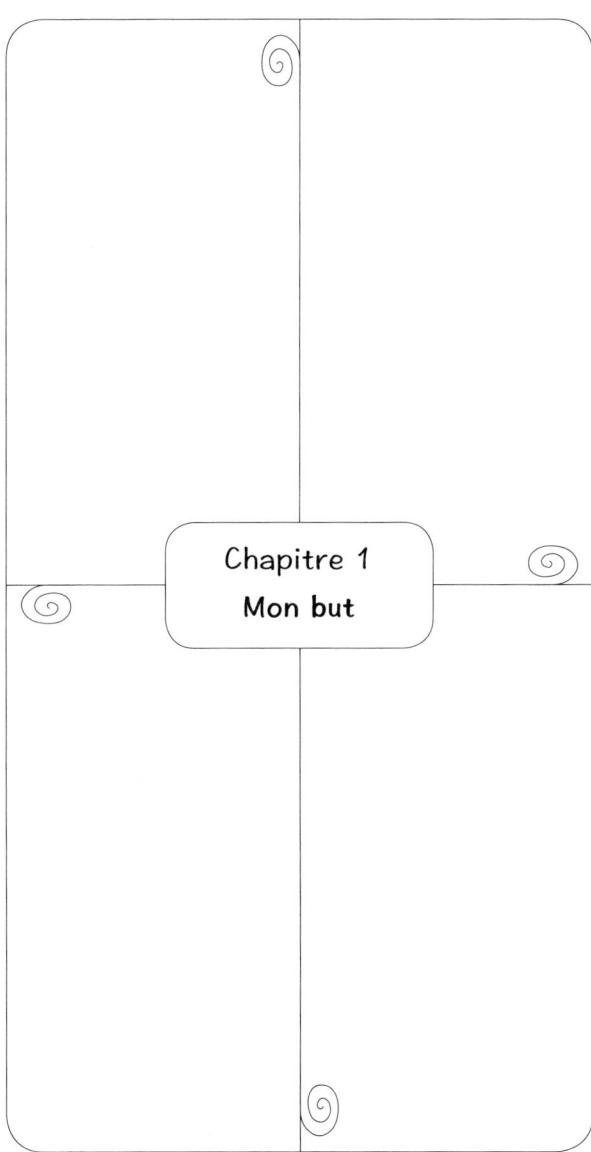

Mon but

我狼吞虎咽地吃着东西。很久以来，我每天都是这样度过的。我必须填满我的身体，仿佛我体内是空的，有一个无底洞。“多吃点肉和水果吧，我亲爱的女儿。吃饱了，好长大。”我的母亲大地女神盖亚总是对我这么说，她的脸上挂着笑，像森林一样广阔。“才不是呢！鱼和海藻更有利健康。”我的父亲波塞冬总是唱反调。这也难怪，谁让他是海神呢？他更喜欢自己王国里的特产。

我的父母在一起没多久就分开了——我很少看到他俩在一起。再说了，我纳闷他们是怎么成为一对的！母亲讨厌水，哪怕刮起最小的风暴，都能把大地给淹没；父亲满脑子就只有海浪、波涛、狂风以及夕阳在海面上的倒影。或许，他俩曾手拉手一起在希腊的海岸上徜徉。这只是一个假设。我的父母从没向我提起过他俩在一起的短暂时光是怎样的。

我在母亲的领地里度过了孤独的童年。母亲总是忙忙碌碌；我很少碰到我同母异父的独眼巨人兄弟，他们总是吵吵闹闹。树林、山峦和草地，都是我亲爱的家园。每次母亲盖亚来看我时，我总感觉到她心不在焉，需要休息……

“妈妈？”

“嗯？”

“妈妈，你听见我说话了吗？”

“有什么事吗，我的女儿？我想休息……”

“我可不想休息。”

“我们待会儿一起去散步。”

可这“待会儿”从来不来。

我喜欢海陆相间的地带，有波涛汹涌，潮起潮落；也有烟雾茫茫，从海陆之间升起……当我足够大的时候，我就在靠近海岸的一片小草地上的橄榄树丛里为自己建造了一座小屋。从家门口能听到惊涛拍岸，看得见父亲的领地，虽说我从不下海游泳——这片海深不见底、变幻莫测，让我心生畏惧。

有时候，波塞冬想起了我这个女儿，便在我独处时来看我。

“来吧，坐上我的水上战车，我带你出去逛逛。”他提议道。

我看着他那辆奇怪的战车在海浪中摇摇晃晃，由几匹半马半蛇的异兽拉着。它们的蹄子腾到半空中，随时准备继续奔跑。

“我不知道，父亲。水里总有些看不见的东西会掠过我的身体……让我感到恶心。我甚至都不知道该怎么捕鱼！”

他坚持说：“只要你不招惹它们，它们就不会招惹你。好啦，来吧！你从没去过我的海底宫殿。那里可神奇了，你看了就知道！”

我不大信他。他从不和我一起玩。他离开了我的母亲。我还听说他曾想勾引美杜莎，对这姑娘动粗。（参见本书作者另一作品《蛇发女妖美杜莎》）

他带我去海滩。可是我很固执，我小心翼翼地回答着他，两只赤脚浸在海水中。每当海浪快弄湿我的小腿时，我就后退一步。

“我更喜欢有淡水的地方，父亲，还有所有我用脚触碰得到的地方。”

“很好，卡律布狄斯。”他回答说，双臂交

叉在宽阔的胸膛前面,“你还是和你妈妈待在一起吧。”

我看得出他很不高兴。他生着闷气，低着头，凝视着沙滩——样子很滑稽。我并不想伤害他，可我也不会为了取悦他而跳到水里，谁让我不愿意呢！更要紧的是，我总是很饿，总想着吃烤肉和新鲜的无花果……我搞不懂为什么,可事实就是如此……

“永别了！”

我父亲回到他的战车上，朝我这边随便挥了挥手就离开了。

我马上拿起弓，去乡间打猎。我跑得上气不接下气,停一会儿再继续跑……今天早上,我只杀了三只野兔。我可没吃饱,就算给我一打我也照样吃得下。真的,真的,我向你们保证!

两只迁徙途中的老鹰栖息在我上方的一株橄榄树上叽叽喳喳。我边吃饭边听它们聊天。兴许它们不知道我听得懂鸟类的语言，它们讲述的故事很奇怪。

“嘿，朋友，赫拉克勒斯刚偷走了巨人革律翁的三头牛！”第一只鹰说,“你能想象吗?

真是胆大包天！”

“可这位英雄为什么如此胆大包天？”第二只鹰问道。

“哦，还不是为了完成12项功绩。天后赫拉打翻了醋坛子，就要赫拉克勒斯的堂兄欧律斯透斯派他去送死……这赫拉克勒斯倒也不含糊，他不仅杀死了看守牛群的双头犬俄耳特洛斯，还要了巨人革律翁的命！现在他把战利品带回希腊去了。”

我竖起耳朵仔细听。他带回战利品？一群漂亮的肥牛……那一定很美味。我很想尝尝这牛肉的滋味。多一头还是少一头，对半神来说又有什么区别呢？一想到偷牛成功后就能品尝到美味佳肴，我已经开始流口水了。

“他会打哪经过？”

我一定是自言自语得太大声了，第一只鹰回答了我的问题：“离这儿不远，小美人。说不定再过一两天，你就能看到一出好戏了。”

“谢谢鹰儿们，祝你们一路顺风，记得时常回来看我！我这边的客人太少了……”

它们飞走了。好在我没向它们透露自己

的意图。我才不管什么好戏不好戏，我做梦都想吃一顿大餐，鲜嫩可口，大快朵颐。

我严阵以待。我实在太饿了。两只鹰当中的一只喊我“小美人”，它可是认真的？我不觉得自己有吸引力，我见过的其他姑娘都很苗条，而我却因自个儿吃得太多而体态臃肿，有时都看不到自己的脚，谁让我的肚子胀得厉害。可我又实在没办法阻止自己吃东西。

夕阳西下，暗夜开始呢喃。接着天色泛灰，再后来，又变成了黎明的淡粉色。没人经过这里，我还是孤孤单单的。也许老鹰们传错了消息？时间一分一秒过去，到了第二天傍晚，我即将入睡时，一道奇怪的光亮了起来：只见太阳缓缓沉入大海……可那即将消失的金色残阳上面好像布满了影子。是奶牛的……影子。我揉了揉眼睛：难道我饿得神志不清了？太阳上面住着牛群？开什么玩笑！

可我看得越来越真切了：那金球离开了

平时的轨迹，正朝着希腊海岸而来！

这是怎么回事？太阳越来越近，光芒越来越刺眼，我用手掌遮住眼睛。

接着，金球逐渐远去，夜幕降临了。

我不是在做梦：在邻近乡间的某个地方，牛的叫声此起彼伏。

这时一个低沉的声音在咆哮：“革律翁的牛群，给我安静下来！要不然，我就被你们暴露了！我们现在可不是在太阳神的金钵上面！要是希腊人问起你们是从哪儿来的，要是他们怀疑你们是我偷来的，我还怎么把你们带到我堂兄欧律斯透斯那去呢……”

啊呀……原来他就是赫拉克勒斯。原来

这位半神是个贼——这可是他刚刚承认的。我的肚子饿得直叫唤。偷走贼偷来的东西，算是替天行道吧？

那边的声音逐渐平息下来，只听见几声蝉鸣和鸟啼。是时候下手了。

我打定了主意。

我站了起来，小心翼翼地沿着牛叫声传来的方向摸索着前进。这些畜牲定是被刚才腾云驾雾的离奇景象给吓坏了。

我能在不惊醒小偷的情况下完成自己的目标吗？

这位赫拉克勒斯名头很大，我可不能小看他。

第二章

谁是小偷？

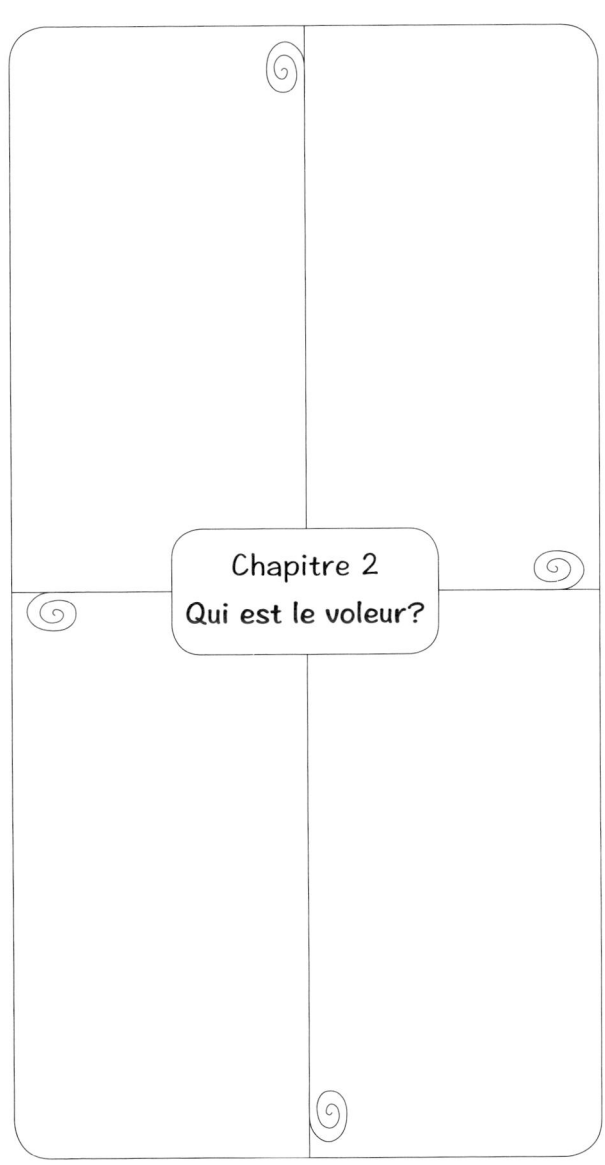

Chapitre 2
Qui est le voleur?

我在哪儿？什么都看不到。我是不是在云里雾里迷了路？我的双手摸索着，只碰到树枝、石头……我向右摸摸，再朝左试探，荆棘划伤了我的脸。我压抑着痛苦，不让自己叫出来。

突然，我腿边响起了一声“哞”！

这愤怒的叫声来自一头牛，我刚刚被牛群里的一头温血动物给绊倒了——说明我的前进方向是正确的。它躺在那里，看起来个头很大！我小声对它说话，好让他安静下来。我语气和缓地说着一些有的没的：“真软，我的漂亮朋友……这儿……没事的……”

一个洪亮的声音响起，吓得我动弹不得：“有人吗？”

这是赫拉克勒斯的声音。我慢慢跪了下来，抚摸着公牛的一侧，它温顺地接受了。

万幸！

再没有声音了。

时光流逝……月亮在晴朗的夜空中继续自己的旅程。月影憧憧，映照出几丛灌木，还有偷牛贼看管的牛群的身影：至少有30头庞然大物，体格健壮、通体雪白。

我等了很长一段时间。一阵鼾声突然响起，我高兴极了：这如打铁般的声音表明赫拉克勒斯已经进入深度睡眠！终于等到了，我可以行动了。

我再次同刚才那头绊倒我的畜牲说起话来。我的手一直放在它身上，始终没离开过它的毛皮。

我低声说道："来呀！"

令我吃惊的是，这头牛笨拙地起身，坐到我身边。看来巨人把它驯化得很好。万幸。我在它身边不过是个小不点，打起来绝对不是它的对手。

要在一群顶级肉牛里选出三头畜牲，让它们从咆哮声中平息下来，可花了我不少时间……每次鼾声一停下，我的心就咯噔一下。赫拉克勒斯定是累坏了，因为每次他翻个身，给自己盖上狮子皮，就会再次沉沉地睡去。

我拿起一根棍子，推着我可爱的小牛前进，同时小心地用脚尖蹭掉我们在尘土中留下的足迹。

几分钟后，我们就到家了。这三头牛刚好能塞进我小房子旁边的石头围栏里。我坐在地上看着它们。

它们真漂亮，不断磨蹭着我的身体。东方既白，它们棕褐色的大眼睛在晨曦下也越来越分明。

真漂亮，可是……我饿了。

饿极了！

说起来，希腊人一直有吃牛肉的习惯，为什么我在这里就不行？我想念盖亚烧的饭菜。母亲的厨艺出神入化。好吧，这些动物确实不是我的……可赫拉克勒斯偷走了它们，从小偷那里偷东西，这不算偷！我为了说服自己，把这话又重复了一遍。然后，为确保一切平安，我把烧菜的香气供奉给宙斯。他似乎喜欢这味道——这是他吃饭的方式。我可不这样，我更喜欢大口嚼着烧得半熟的肥肉，在嘴里感受那鲜嫩的口感。

我开始准备了：采集周围能找到的枯木、干树桩，以及我能找到的任何东西，集中在一起堆成堆。

最糟糕的还在后面。我拿起一把藏在墙脚的剑——为了自卫，我手头总留有一件武器防身。我深吸一口气，一剑直击牛心。它顷刻间倒了下去。那再好不过。我讨厌伤害别人。其他两头牲口很激动，用鼻孔大力吹气……我小声唱歌安抚它们。可怜的家伙，我明白它们的感受。

篝火在熊熊燃烧，红色的余烬逐渐堆成一座小山丘。我将一条巨大的牛大腿穿在我的武器上，并将它搁在两根分叉的树枝上。香味朝我袭来，直冲天际……真诱人，我都等不及牛肉被完全烤熟了。

我双手抓住肉，送到嘴边，用牙齿撕咬起来。美味至极！肉汁滴在我的束腰长袍上，留下点点污渍，可我不在乎。

我囫囵吞枣地吃下了第一口，还不等我吃上第二口，只听一声惊雷响起，震耳欲聋。与此同时，一道闪电撕裂了晴朗的黎明天空。发生什么事了？

“卡律布狄斯……”一阵雷鸣般的声音从四面八方传来，把我团团围住。

我暂时放下手中的美味，像石头一样僵住不动了。

“在……在。谁在说话？”

“宙斯在此。”

哎哟。众神之王本尊驾到了。

“您有何贵干，宙斯殿下？”

“我要惩罚你。”

我一下子慌了神，叫了起来：“我做错什么

了？我刚刚还烤了肉，将肉香供奉给您呢。”

雷声再次响起，持续了几秒钟，我什么声音都听不见了。

“这食物是你偷来的。”

“是我从小偷那里偷来的！”

“你敢说我儿子是小偷？要知道，赫拉克勒斯只是在服从赫拉的命令。她强迫他把这些牲口带给他堂兄欧律斯透斯，好完成他的第十项功绩。他别无选择。可是你……”

“可是我饿极了！”

哎呀。我这才意识到，道歉总比肚子饿得咕咕叫来得要好，可惜为时已晚。

“你饿了？好吧，从此以后，吃东西将成为你唯一所愿，小姑娘。”

这冷酷的语气把我吓坏了。可太迟了。

现在他换上一副嘲讽的口吻，更是让我害怕：“从今往后，每天三次，你将吞下海里的一切，包括鱼虾海豚，就连船上的人类也不放过。然后你把海水吐出来，把剩下的吞进肚子里。你爸爸一定会高兴的，从此你日日夜夜都守在他身旁了。祝你胃口大开。”

第三道闪电从天而降，落在我身上。它碰到我，把我击倒了。一股力量贯穿我全身，痛得我眼前一阵发黑。

我终于醒了……发现身处茫茫大海。惧怕海洋的我，如今晕头转向。我感觉非常不好受，脚下也没什么稳固的支撑点。还有，我的双脚去哪儿了？我再也感觉不到它们了……我的腿，我的胳膊，我的整个身体，全都不见了……我现在只不过是一张巨大的液态的嘴，通往一个巨大的液态的肚子——我变成了一个巨大的女漩涡怪，像海水一样透明。我看到远处有两片陆地——宙斯大概把我放在了一个海峡里。我孤零零的，好害怕，浑身都被冻僵了。

我是孤零零一个吗？不是……

我听到一个沙哑的女声问我：“你是谁？”

我还是那个名叫卡律布狄斯的小姑娘吗？

在这片茫茫大海之中，到底是哪个陌生人在同我说话？

第三章
同病相怜的伙伴

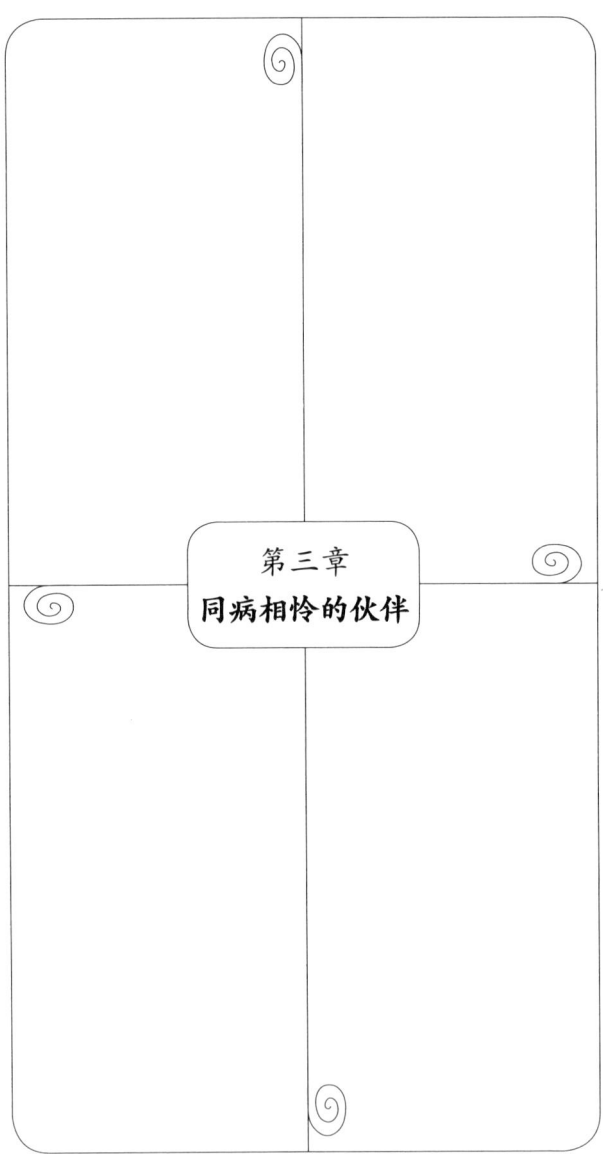

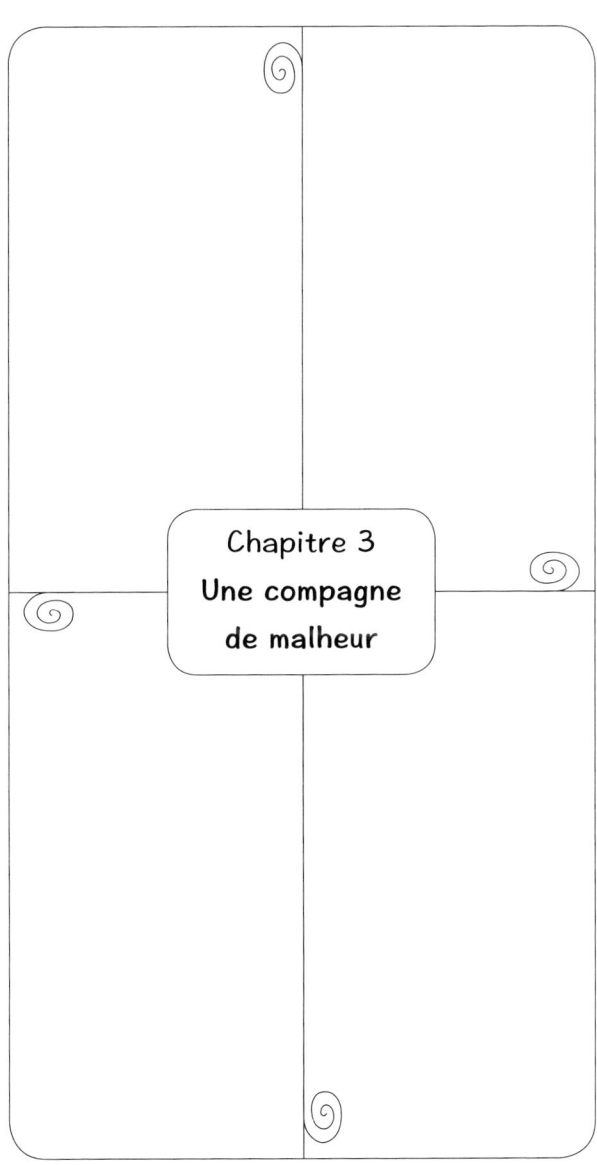

Chapitre 3
Une compagne de malheur

我用自己都不认得的沙哑声音喊道："谁在同我说话？我……我要吃掉你！"

只听见一个清脆的声音大笑着回答："吃掉我？尽管试试吧！哈哈哈！自从……自从我被丢在这里，我还没这么开心过。再说了，我能对谁说话呢？对着鲸鱼？海豚？虾米？还是我的狗，嗯……"

她说的是什么狗？也就是说，我现在有个同命相连的伙伴。她也是因为触怒了天神而倒了大霉吗？我很想问她这个问题，可我的大嘴突然自动张开，汹涌的海水一下子涌入我的体内，淹没了一切。我喘不过气来！经过几秒钟的恐慌，我终于吐出了这口液体。几条鱼被吞进我的喉咙深处。

我屏住呼吸，只听到对面那位说："太棒了。真了不起。咱们俩真是天造地设的一对儿。"

"你到底是谁？"

我远远地看到了她：她的上半身是一个面容甜美的年轻姑娘，长发在海风中飘扬。可奇怪的是，六条大狗长在她腰间的皮肉上，每一条都张大了嘴巴，露出吓人的獠牙。这景象真恐怖。她到底做了什么事情，招来这样的惩罚？还是说，她天生就长着这副模样？对面始终保持沉默。

接着响起一声低语，压过了海浪声："你瞧瞧我现在的样子……曾几何时，我是一个名叫斯库拉的小姑娘。他们现在仍然这样叫我，可我已判若两人，面目全非。"

"跟我讲讲你的故事，斯库拉。"

"这不是一个有趣的故事。"

"至少它会分散我的注意力，如果你愿意说的话。"

"为什么不呢？说起来，我是大地女神盖亚众多孙女中的一个……"

我忍不住叫了起来："我是她女儿！咱俩原来是亲戚！"

原来她是我的小侄女……我们的神仙大家族非常诡异，连我都搞不清楚头绪。奇怪的是，我和她有血缘关系这一事实让我倍感欣慰。尽管我们之前从未见过面，我对她也一无所知，只知道她的名字，还有我们是患难之交这一事实。

她继续讲她的故事。声音随风传到我的耳

边，让我暂时忘记了宙斯对我的惩罚。

“我过去长得很漂亮，也许比不上我妹妹美杜莎——至少在雅典娜把她也变成怪物之前，她可是个大美人。不管怎样，我长得总比我那格赖埃姐妹要好看得多，她俩只有一只眼睛和一颗牙齿。”（参见本书作者另一作品《蛇发女妖美杜莎》）

几个姐妹都长得很奇怪！可至少她还有姐妹！我多么想有个玩伴和我一起玩小孩子的游戏。

我鼓励她说下去：“你怎么会来这儿的？还有你身旁那些狗是怎么回事？”

斯库拉发出一小声抽泣，继续说道：“我和我家人原本住在希腊海边，离这儿很远。格劳科斯经常来看我们。这位海神爱上了我，可我不喜欢他。他长着绿胡子和鱼尾巴，看上去不怎么吸引人。可他并没有气馁。有一天，我听到他离开我时咆哮着说：‘这丫头够怕生的！不过，我一定能说服她。我去找人出主意……’去找谁出主意？我不知道。要紧的是，我想知道什么样的主意可以改变我的想法。要是我早知道……”

“所以你改变主意了？你嫁给了格劳科斯？”

“才没有呢！他这一走就是很久，我以为他

终于放过我了。可才不是呢！一个月后，他又出现了，问我是否打算像往常一样在泉水里沐浴。说来真巧，我正在去那儿的路上。他说完很快就离开了。”

“哎呀……然后呢？”

我等不及了。斯库拉后来遇到了什么事？格劳科斯是不是出于傲慢伤害了她？

斯库拉继续说道：“我坐在齐腰深的凉水中，感觉有些不对劲。我的脚、我的小腿、我的大腿、我的臀部……哪里都很痛，仿佛水变得滚烫。我看着自己的下半身，居然变了样！只见六条狗正从我的腰部长出来。可把我吓坏了，我喊了起来：‘格劳科斯！’‘来了，我的美人儿。’他边回答，边面带微笑跑了过来。我意识到他正等着我叫他呢。我看见他脸色变得惨白，‘喀耳刻曾向我保证这爱情灵药的魔力……我现在明白了。她说她爱我，我只能支支吾吾对她说，我无法回应她的深情，因为我爱着你。想来这位强大的巫女无法忍受我的拒绝，把我的真心话当成羞辱，就这么报复到你身上。哦，我可怜的心肝……’就这样，格劳科斯把我的命运交到了强大的喀耳刻手里。他无意间招来了灾难，他带回来掺在我洗澡水里的药水不是什么爱情灵药，而是一种可怕的毒药。”

“可怜的孩子……接下来呢？”

“接下来，我不知道被什么人怎样地放在这块石头上。也许是格劳科斯不忍心看到我这副模样，这才把我放在这儿的？”

我只能听着浪涛声发呆。这小姑娘的遭遇和我的一样可怕，我们被困在海里，同病相怜……突然，几声狗叫声响起。是什么让狗如此兴奋？啊，我明白了：原来有一艘船在靠近。它避开了我的大漩涡，风儿把它带到了斯库拉那边。六只发了疯的狂犬开始蠢蠢欲动。每只狗从海峡的激流中咬住一个失足落水的水手。

一转眼，海面上就什么都没有了。

另一艘船紧随其后。为避免遭受同第一艘船一样的命运，它改变了航线。船夫们朝着我这边使劲划桨。说时迟那时快，我的嘴巴不由自主地张开了——也许是出于宙斯的意愿？船转啊转啊，朝着我的喉咙深处驶去。当我吐出来时，船舱全空了，里面所有的人类都被我吞掉了。

一股恐惧感涌上心头。我从没想过这样的遭遇。我终于吃饱了……可我并不是食人魔。要说这一切都是一头牛引起的……多么可悲的讽刺啊！

斯库拉不说话了。

我也不说话了。

还有什么事情等着我们？

第四章
一艘希腊船

Chapitre 4
Un navire grec

从此以后，我不得不重复着同一套动作：一天三次，我的嘴巴都会不由自主地张得大大的。我的嘴里形成一个漩涡，吞噬周围的一切：海浪、大大小小的海洋生物、各类船只，一切都被我吃进肚子里……然后，我再把那些自己身体无法吸收的东西吐出来，包括各种木头碎片、船只的骨架以及差点让我喘不过气来的大量海水。可很多时候，我的肚子空空如也，送上门来的几条小鱼根本填不饱我的肚子。

至于斯库拉，她始终一动不动。她腰间的六只狗醒来只是为了吃——一口咬住送到嘴边的食物。只要有个东西是能吃的，它们就会吞进肚里。我猜它们自有一套办法，用这种方式喂饱了我那同病相怜的小伙伴。

夜幕降临，我看不到我的朋友了。

我犹豫了一下，呼唤起她的名字：“斯库拉？”

"怎么啦？"她的回答传到我耳边，夹杂着愤怒的犬吠声——我的呼唤声一定是吵醒了她身上那几只狗。

"你在干吗呢？"

"和你一样无所事事……我被困在这里，在茫茫大海中，没有逃脱的希望。太可怕了。尤其是在夜里。我非常想要回到我在希腊的父母和姐妹身边。"

我叹了口气说："我能理解你的感受。我想再次见到我的母亲盖亚，听听她的声音……甚至还想见到我的父亲波塞冬……啊呀，他明明可以来看我——毕竟，我是在他的地盘上。可他为什么从不出现？另外，我好饿，你要能明白就好了……我好想吃烤野兔、多汁的浆果、香脆的无花果……"

"哦，是啊！"斯库拉哀叹道。

我换了种较欢乐的语气，继续说道："至少，我有个好消息要告诉你，我找到安身之所啦！终于可以躲在里面了！"

事情是这样的：今天早上，我在附近

一座小岛实地勘察了一番。在那里发现了一个被海浪啃咬出的无底洞。因为一株无花果树挡住了洞口，所以我之前没有注意到它。我就这么钻了进去，现在这里就是我的窝了。它可能无法改变我的不幸，但至少让我得到了一点安全感。

“是的，我看到你钻进去了。”斯库拉回答，“你喜欢就好！至于我，我一整天都在听海鸟叽叽喳喳。”

“这么说来，你也听得懂它们的语言！”

可不是吗，我俩同病相怜，出自同一家族，现在看来，她也拥有同样的神力。

我好奇地问道：“那它们都说了什么？”

“它们说，有条船正朝我们这边驶来。”

“一艘希腊船吗？”

“是的，我想是的。它遭遇了几次灭顶之灾，每次都死里逃生。”

“什么灭顶之灾？”

“水手们差点落入海妖塞壬设下的圈套，甚至……”

“甚至什么？”

“他们的领袖名叫奥德修斯，他听到了塞壬的歌声，却没有跳入海中追随她而去！”（参见本书作者另一作品《海妖塞壬利革亚》）

那这男的一定很厉害了！“他是怎么做到的？”

斯库拉回答：“鸟儿们没有细说。它们只知道这个希腊人采纳了喀耳刻的建议。”

“喀耳刻？那个下毒给你带来不幸的巫女？”

我的同伴发出长长的抽泣声。

假如我是斯库拉，喀耳刻的任何朋友都将是我的敌人。我一定会报仇。她是否和我一样感到愤怒？

“是的，”她的声音颤抖着再次响起：“要是奥德修斯往这边来，他就会和我狭路相逢。就算有那个可怕的巫女保护着他，在你我之间，他也绝对找不到第二条通道。”

我哈哈大笑：“这一次，我们的不幸给我带来了快乐。就算这个希腊人逃脱了你的魔掌，可还有我呢！我会把他连同他的手下和船只一口吞下。咱俩是一伙的，你和我。”

第二天，我很紧张。我躲在洞穴里，目不转睛地盯着海平线，可什么都没看见。也许奥德修斯选择了另一条航线，即使绕远路也在所不惜？到底怎么回事，如何才能知道？

又过了一天，我心生绝望。我想帮助我的朋友，可我饿极了。到口的鱼虾常常不够，我被饿得体力不支。突然间，我感到筋疲力尽，有时我觉得自己用来吞噬食物的漩涡也失去了威力。我承认，这种吞噬一切的饥饿感始终是我的弱点。自从我被困在这里，吃东西就成了我唯一的慰藉。尽管我不喜欢吞下海洋生物，更不用说人类了，可在宙斯的惩罚之下，我不得不这么做。

看不到一个人，那鸟儿们看到什么了吗？如果真是这样，它们什么都不会说的。它们只会冲向蔚蓝的天空。

突然间，一切都快速旋转起来。

一艘至少有四十名船夫划桨的船只正向我们驶来，船帆被风吹得鼓鼓的。我看到船帆因船行速度加快而慢慢膨胀。这艘船会按原计划在我和斯库拉之间经过！有一阵子，船头对着我这边前进，可它突然改变了方向，径直朝着我的同伴驶了过去。

糟糕，我多么想把他们一口吞了，好为我的朋友报仇。

可他们为什么突然改变方向？啊，我猜到了！

喀耳刻定是知晓我俩的法力：斯库拉那边只有六只狗，最多只能吃掉六个水手。也就是说，其他船员就能死里逃生。

在我这边，那就是生死由命了：要么这艘船想法子通过我致命的漩涡，要么我把他们一口吞了，那么所有人将必死无疑。如果奥德修斯通过斯库拉那边，我抓住他的机会就更少了……所以他宁可牺牲六个水手来保住自己的性命。在我看来，这计谋既残忍又自私。他算什么首领？他不是应该竭尽全力拯救同伴的性命吗？

船只朝着斯库拉冲过去，差点就撞到了她。

斯库拉的那群狗发了疯似的，每一只都从我同伴身上跳出来，张开大嘴，每张嘴都像咬破布一样咬着一个苦苦挣扎的人。

他们都是间接因喀耳刻而死的受害者！

在桅杆旁边，一个高大的黑发男人一动不动，全神贯注地注视着这一幕。多么冷酷无情，仿佛同伴们的遭遇与他无关。他远离危险，想保住自己的性命，这是肯定的。

虽说我没法确定，但我肯定那人就是

奥德修斯。

这艘船就这样继续自己的旅程，只是少了六个水手。我释放出漩涡想给他们来个了结，可我没力气抓住它。船只远去了，成功地躲开了我。

可怜的斯库拉……

可怜的我……

假如我变弱了，我就再也喂不饱自己了，我的漩涡也就没那么强大了……

第五章
这是怎么回事？

Chapitre 5

Comment cela

a-t-il pu arriver?

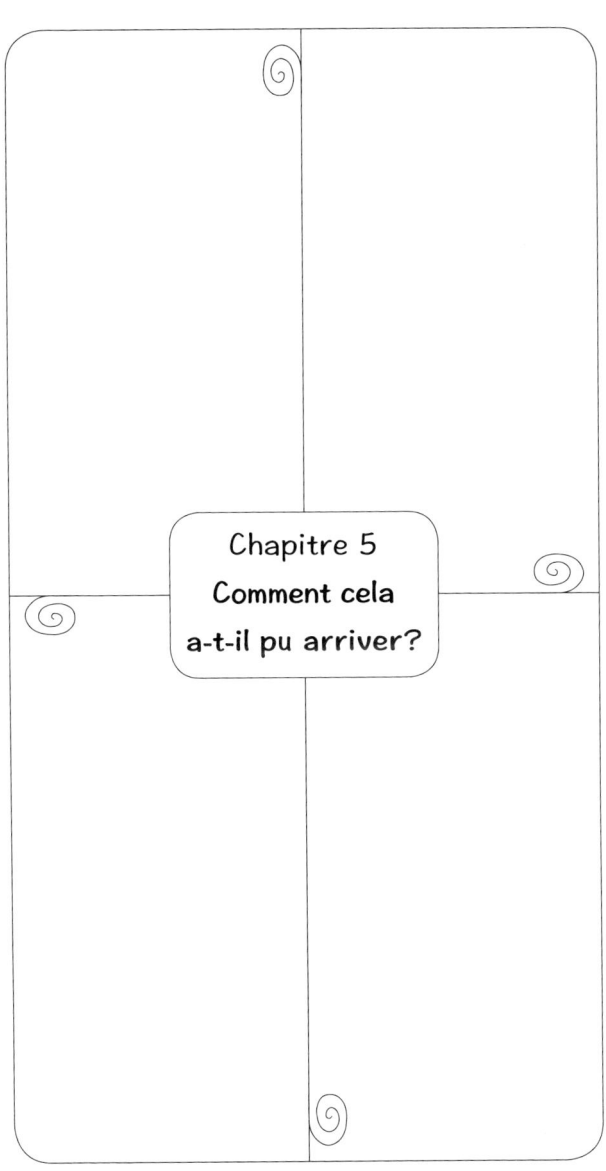

在世界上的其他地方，时间可能正以正常的速度流逝；可在这里，时间是凝固不动的。什么都没有改变，一切都漫无目的地运动着：海浪拍打着岩石，波澜不惊，风儿时而呼啸时而低吟……太阳和月亮在天空中升起又落下，星光点点，白云苍狗。我吞下了大量的海水，几乎同时吐了出来，咸味让我感到恶心。我胃里的食物几乎只够我温饱，有鱼虾、贝类、海星和其他生物。难得有几条船冒险进入我们附近的海域，转眼就被斯库拉那几只狗和我身不由己旋转的大胃口给一口吞了。

我讨厌这样的生活。

这还算得上生活吗？

我觉得自己不过是在苟延残喘罢了。

有时候，当我和斯库拉感到太无聊时，就会想法子给自己找点乐子。

“看来我的狗正在追逐一条巨鲨。”我的同伴说。

“不是鲨鱼，更像是头海猪。”

“一头‘鲨猪’，没错，一个未知物种。我

看见它了！啊，该死，它从我嘴里逃脱了。”

我笑了起来：“朝我这边滑过来吧……我一口吃掉它……它就这么沉到我肚子里。”

斯库拉大概厌倦了这个想象中的猎物，因为我再也听不到她的说话声了。

我就提议换个游戏玩：“让我们飞往希腊吧！”

“好啊！去我爸妈家！哦，我多么想再次见到他们……还有美杜莎，甚至格赖埃姐妹……说真的，我想念我所有的姐妹。”

我也想和我的父母重逢，在母亲大地女神身上奔跑……可我不想遇到赫拉克勒斯，也不想再见到他那让我垂涎的牛群。

“我们还是别做梦了，万一宙斯听到我们的话……谁知道呢？他可能会下狠手，让我们比现在更倒霉。”

“哦，要是我没有拒绝格劳科斯的求爱就好了，我就不会在这里了。”斯库拉哀叹道。

“那你就会生下长着鱼尾巴的孩子，天天织布做衣服……”

我意识到自己其实并不喜欢我为斯库拉构想出来的这种“好日子”。在我来到这座奇怪的海底监狱之前，我原本是一个热爱自由的野丫头。

这时，响起了六声狗叫，把我从幻想中拉了回来。

“这边！”斯库拉叫了起来。

我极目远眺，看看是否有船、小舟或是鲸鱼经过……可什么也没有。

啊，等一下，有个身影在波涛间浮沉——莫非是一条海蛇？

一个修长的的身影在靠近。

这不是什么海蛇。

而是一个人，正紧抓着一块木头。确切地说，是一根桅杆。

这个从海难中幸免于难的可怜人正朝着我们漂过来。有那么一瞬间，我对他心生怜悯：他已经够倒霉了，我们还要断绝他活着回家的机会。

我仔细打量他：他的棕色卷发被海水黏在一起，深色的眼珠目光如炬，健壮的手臂正牢牢抱着桅杆……我以前在哪里见过这个人。到底在哪里？什么时候？倒是斯库拉先认出了他。

“奥德修斯回来了。”她咆哮道，“这次我不会再错过机会了。”

又是这个希腊人。那时眼看着自己同伴死去，他表现得多么无动于衷！假如厄运降临到他头上，他总能感同身受吧！要是他一命呜呼，喀耳刻准能知道，我满心盼望着。

可他为什么又出现在这里？他上次逃离我们时，我以为他正在返回家乡伊塔刻岛的路上。他早就该回到那里了，难道他又一次扬帆出海了？

他跟随着水流，越来越近……越来越近……可今天他没什么好指挥了，由不得他做主了。如今，他的生死掌握在大海手里。由大海决定是送他去找斯库拉还是带来见我。我那同病相怜的好姐妹首先看出了桅杆的漂流轨迹。

“就看你的了！”她对我说，“他会径直进入你的洞穴，他逃不出我们的手掌心！

我只懊恼不能亲手报仇。就指望你了，我的‘患难姐妹’。”

我张大嘴巴，使劲制造出尽可能强大的漩涡。在漩涡的助力下，奥德修斯和桅杆被我吞进喉咙里。不过奇怪了：在水流中，我感觉不到这个人。我也听不见他的声音。我几乎要心生敬意了：所有被我吞下的水手临死前都大声呼救，可他却没有。他虽面临灭顶之灾，却没有出声。难道他不怕死?

“你吞掉他了吗？”斯库拉问我。

“是的……我想是的……你看到他了吗？”

过了一会儿，她的声音再次响起，语气里充满欣慰之情：“不，哪儿都看不到他。这位英雄受万人敬仰，可他却做了这么多恶事。总算有人打败他了！打败他的人就是你。你的不幸至少得到了补偿。”

我像往常一样开始反胃。海水从我体内流出来，带出无法消化的一切。那人之前抓住的桅杆太长了，在出来时擦伤了我的喉咙。

他最终还是从我嘴里爬出来了。这是怎么回事？

原来，他穿过了我藏身的洞口。洞口被一株无花果树遮住了，树一时遮住了我的视线。当它再次出现在我视线里时，却看到这个希腊人正骑在上面！更糟糕的是，他看起来还挺精神！还咧开嘴笑了！这艘“临时救生艇”的末端依然卡在岛上的缝隙里，此人暂时还不能离开。

可他看起来还活着。

难道是我看花了眼？

第六章

他们是谁？

Chapitre 6
Qui est-ce?

我想弄个水落石出。我小声问道，生怕把他活活吓死……

“奥德修斯？”

“是我。”

“你从我肚子里活着爬出来了？”

他笑了起来：“我压根就没进去！”

“这怎么可能？”

奥德修斯看起来非常得意！他用一种人们有时对年幼孩子说教的口吻向我解释：“这很简单。当你把一切都吸进去的时候，我松开了桅杆几分之一秒，然后飞跃而起，双臂抓住了无花果树的树干，就是长在你藏身的洞穴前面的那个。我抓住了它。当水流停止时，我甚至还睡了一会儿……”

我无法相信。这个奥德修斯会第二次逃出我们的追捕吗？

我叫喊起来：“波塞冬，我的父亲，来救救我吧！这是我第一次恳求你。”

什么都没有发生，海面上依旧风平浪静。

奥德修斯始终面带微笑，嘲讽我说：“你的父亲不爱你，我也巴不得他别来。我对他儿子独眼巨人波吕斐摩斯动了粗（参见本书作者另一作品《独眼巨人波吕斐摩斯》。）……也就是你的同父异母兄弟。你们的父亲大概在别处有更重要的事情要忙，谁让海洋一眼望不到边呢！”

他低声补充道：“试问，他来这看过你几次？你可别忘了，他肯定害怕他兄弟宙斯的雷霆之怒……”

他胆敢嘲笑我！我的父亲来不来看我，可不关他的事。

我反唇相讥：“正是宙斯把我变成了你今天看到的这副鬼样子。而你，为什么你却能始终保持人形？你就能永远清白无辜，不会遭受神谴吗？”

“宙斯惩罚了违抗他的水手们。而我，我可不去蹚这摊浑水。”

我嘲笑他：“您的意思是说，除了像您说的对可怜的波吕斐摩斯动粗，还有您那巫女朋友对斯库拉所做的坏事，您就无可指摘了……”

“喀耳刻的行为不关我的事……”他抗议道，“我承认她不好说话，可她长得真是太美了！”

我发怒了："这就是你对女人的唯一要求吗？脸蛋长得美就行！看看她对那边的情敌都做了什么！"

奥德修斯嘟囔着说："不过是女人间的小恩怨罢了。"

"女人间……好吧，得了吧……还有你的同伴和宙斯翻脸，又是怎么回事？"

"嗯……我那些不幸的同伴早已厌倦多年来在海上漂流的生活。由于我们和独眼巨人波吕斐摩斯起了点小摩擦，波塞冬就联合海风来对付我们……"

"小摩擦？"

"好吧，我确实有点搞砸了。"

"只是有点吗？你确定？"

"好吧，我把这野人的眼睛给弄瞎了……"

我讽刺地说道："你觉得没什么大不了的？接下来呢？"

"那时我的水手们饿坏了，他们就杀死了属于神灵的灵牛充饥。"

啊呀呀……和我一样……

奥德修斯继续说道："为了惩罚他们，宙斯

击沉了我们的船。我及时抓住了折断的桅杆，就是这根，这才死里逃生。我没有参与偷牛和吃牛，众神之王才因此饶了我吧。我知道他雷霆之怒的厉害，我宁可饿着肚子也不会去招惹他。”

我累了，仿佛我的法力在减弱。

我喃喃道：“你一定累坏了，你从沉没的船里死里逃生，孤零零的，没有食物，又饿又渴，浑身湿透；可尽管如此，你还是有力气及时抓住了无花果树，而没有掉进我的无底洞里。我真搞不懂。”

奥德修斯沉默片刻，然后问我：“你在这里多久了，卡律布狄斯？”

“我……老实说，我不清楚，我早就记不清月份了。你为什么问我这个问题？”

“哦，随便问问……”

“在我看来，你不是一个喜欢随口问问的人。”

“好吧，我似乎曾在山洞里见过你，还有……”

“什么？”

一股更强大的海浪涌来，击打着我的小岛。

这股海浪抬起卡在裂缝中的桅杆末端，

奥德修斯还没来得及说完就这么漂走了。他的欲言又止，点燃了我的好奇心。

他在我身上看到了什么，让他如此感兴趣？难道说，是宙斯把我变成了怪物？这也不是什么新鲜事。难道还有别的隐情？会是什么呢？无论我怎么绞尽脑汁，就是找不到答案。

惊涛拍岸，天气时雨时晴，风儿时而呼号，时而低语，海面上变幻着灰色、绿色和蓝色的光影……我的内心升起了一阵迷雾，让我深陷其中、无法自拔。同时，饿肚子的阵阵剧痛也搅和了进来。

有时，就连斯库拉的呼唤都几乎无法唤醒我："卡律布狄斯？你还好吗？"

不。我在这里，躲在我的山洞里，感觉并不好。可我能告诉她什么呢？说我失去了希望吗？说我因为那个可恶的奥德修斯还没说出口的话而错失了真相吗？这是真的吗？还是说，我被他折磨得精疲力竭了？

仿佛受了诅咒一般，我继续一天三次麻木地吸水吐水。我几乎不情愿地吞下小鱼，有时是一条船及其水手。天长日久，大家都知道我和斯库拉在这儿等着他们。

他们就没什么办法来躲开我们吗？在我看来，避开我漩涡的工作时间其实很容易……我早就厌倦了杀人。

我做了一个梦。这是我胡思乱想的产物，还是神明给我的启示？兴许是我父亲的主意？波塞冬会不会对我心生怜悯？脑海中出现的图像带我来到一个我从未见过的地方，那里烈日炎炎……只见一个年轻男子正和某位女子握手，满怀感激看着她……他们是谁？

第七章
我的梦境

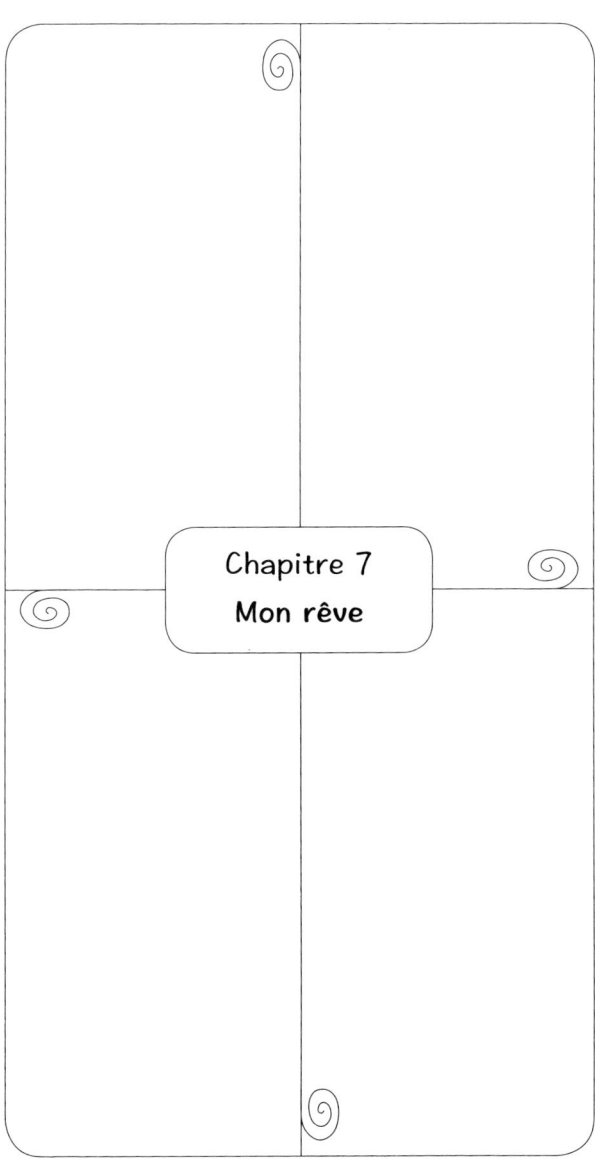

Chapitre 7
Mon rêve

我的梦是这样的：

在一片半明半暗的橡树林中，两个年轻人正面对面说着话。

男孩眼里满是爱意，低声说："美狄亚，要是没有你的帮助，我早就死了……"

"是的，伊阿宋。守护金羊毛的巨龙会把你从耳朵到脚趾给烤糊的。"

"好在你配制了一瓶足以让它昏睡的药水！"他笑了起来。

公主陷入了沉思，她轻声说道："我已经把你从我父亲设下的所有陷阱里救了出来，至少现在你安然无恙。你可知道，我出于对你的爱，暗中和他作对？为了一个相知不深的希腊人……我希望你答应我一件事。"

"任何你想要的，我无不遵命，亲爱的。"

"你既然得到了你此行想要的金羊毛，那么现在就带我去希腊。"

"乘我的船？"

她僵住了："你反对吗？"

"我当然不反对，可我的同伴们不会想要阿耳戈号上出现女人。更何况还是个外国人，一个蛮族公主……”

“一个蛮族公主冒着生命危险给了你你想要的东西。没有我，你绝对成不了事，千万别忘了。”

她动听的声音里透着威胁。

“没错，”伊阿宋叹了口气，“人生何其复杂！好吧，我会说服他们的。”

“那就说定了？不然的话……”

美狄亚的语气中充满了阴郁和无声的警告。这女人是个狠角色，她一旦下定决心，就绝对不会变卦。

我醒了一会儿，接着又沉沉睡去。

美狄亚和伊阿宋站在一艘巨轮的甲板上。一个人正在指挥船夫们划桨。他们的人可真多呀！大概有五十来个。

船帆迎风鼓起，船只飞速行驶起来……那对情人待在后面一动不动，盯着船后面几个不断靠近的黑点——有船只在追赶他们。

“父亲永远不会原谅我了。”美狄亚叹了口气。

“你觉得他亲自来追我们了吗？”

“我怎么知道？也许他派阿普绪耳托斯替他来了。”

“美狄亚，我们总不见得要打你的亲兄弟吧？”伊阿宋一边问道，一边惊恐地看着他的爱人。

“我们难道就坐以待毙吗？这是你想要的结果，伊阿宋？”

“不，当然不是，可总不见得……”

“总不见得……什么？”

“总不见得和你兄弟打架呀！我相信我们会甩掉他们的。”

英雄朝着俄耳甫斯跑去，俄耳甫斯便加快了敲鼓的节奏。船夫们更加卖力了，可还不够。眼看着追兵们逼近了。

我的梦很混乱，里面有匕首、鲜血、惨叫声。美狄亚注视着一个长得和她很像的年轻人的尸体，那人长着一头黑发和俊美的五官。

难道说，这女巫杀死了自己的亲兄弟？她是否要求伊阿宋出于对她的爱而杀死了那年轻人？我们能够为爱杀人吗？不能。我们为爱而生，为恨杀人，可绝不能为爱杀人。

这就是我，大家口中的怪物所坚信的原则。哦，当然，我从没经历过那种两难的困境：从没人爱过我，我也不曾爱过谁。我还没来得及去爱，就变成了这副样子。

不管怎样，这只是一个梦。是谁送来的启示？是我的父亲波塞冬？他可能想起了我的悲惨遭遇。不管怎样，我宁愿这么想。我的夜晚早已漆黑一片，可这梦为我插上了自由的翅膀……

直到斯库拉的声音将我唤醒：“卡律布狄斯，卡律布狄斯，你还好吗？”

我的声音听起来有些沙哑：“还好……”

“我叫了你这么多次，你都没反应！我还以为……我还以为……”

“以为我死了？”

我边感动，边试着摆出一副自嘲的姿态。她担心我，她是我的朋友。

“是的……自从你钻进洞里，我就再没见你出来。所以当你不答话时……我不知道该怎么去想。”

她接着说：“你知道吗？有艘大船正朝着我们驶来，就在那边……”

她用手臂指了指朝阳冉冉升起的方向。

“斯库拉，你看到了几支桨？”

“很多……四十来支，也许更多，有五十来支……”

伊阿宋、美狄亚……流淌的鲜血……假如这一切并不是梦呢？假如这一切都是真的，就在东边的某个地方？

现在，我能听清鼓声了，速度很快。也就是说，船夫划桨的速度也很快。这些水手大概知道我们正守在这里，想尽快从我们身边过去。我好累！我还得吞下这些海水以及海里的一切，然后再吐出来。我再也受不了了。我突然想起梦里的一个画面：美狄亚杀死或命人杀死了她的亲兄弟。这女人还有良心吗？假如我有个兄弟，我一定舍不得杀死他，永远舍不得。

我的全部过错不过是吃了半神偷来的一头牛。我已经遭到了可怕的惩罚，可心如蛇蝎的美狄亚却依然保留着自己的美貌。这太不公平了！我萌生出要惩罚她的冲动。我该把这一切都告诉斯库拉吗？要不要请她助我一臂之力？我没时间了：她已经放出了那六只狗。只见它们张嘴大叫、吐着唾沫、四处扯咬，就好像它们即将从我那不幸的同伴身上挣脱出来一样！

一切进行得如此之快……我听到天空中传来一个神圣的声音："埃俄罗斯，风神啊，让风儿平静下来吧！让海面平静无波。"

"遵命，赫拉。"一个雷鸣般低沉的声音回应道。

"赫淮斯托斯，停下你炉子里的活计！把所有火山之火都熄了。马上。"（赫淮斯托斯是希腊神话里的火神和匠神，负责打造诸神的武器。相传火山是他为众神打造神兵和神器的工匠炉。——译者注）

"遵命，赫拉。"不知从哪里传来一阵轰隆声。

一股疯狂的希望抓住了我。女神赫拉会帮助我们吗？要是我的父亲要求她呢？也许她想让我拿下这艘船？我不知道这是为什么，可我不在乎！

阿耳戈号已近在咫尺。我认出了那雕成人脸的木刻船头，正是我梦中看到的那个。船帆落了下来，因为所有的风都停止了。我开始旋转，斯库拉的狗异常兴奋……可一切都是徒劳的：几个海仙女突然出现在我们周围。其中一个抓住了船身，如鹅毛般握在手里！她把船扔给另一个仙女，第二个仙女又把它递给海峡另一边的仙女。这艘船就像鸟儿一样从我们身边掠过，而我们却无能为力。赫拉出手为阿耳戈英雄解围，却不是来帮我们的。

我刚才满怀希望，真是荒谬！现在深深感到世道不公！这样的日子何时是个头？

第八章
形影不离的好伙伴

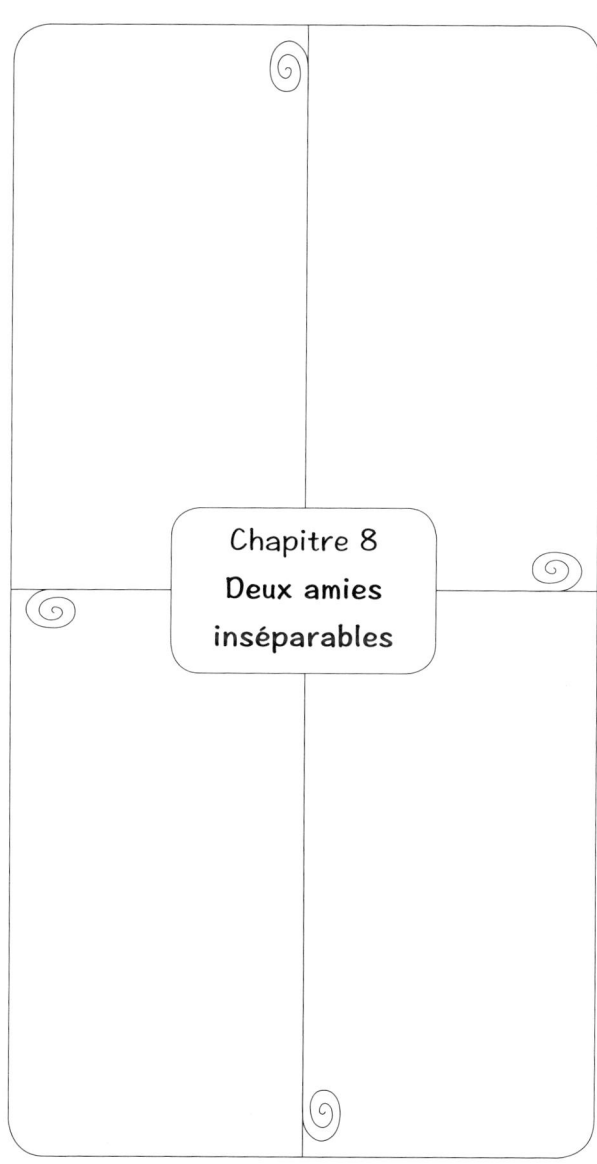

Chapitre 8
Deux amies inséparables

我睡得越来越久。我的梦几乎总是带我去希腊海岸，深入橄榄树林，猎捕野兔、雄鹿、野猪。有时，我也会梦见那次偷窃行为，我口中又出现了烤牛肉的滋味，在我舌尖逐渐消失。多么久远的记忆啊！

我睡得越来越多，吃得越来越少。神的诅咒迫使我吞下海水，可我再没力气去呼吸吐纳了。有什么用呢？

我最后一次听到斯库拉说话，居然不是对我说的。

只听她惊叫起来："格劳科斯？是你吗？"

"是的。"小海神回答。

我认出了他那绿胡须和鱼尾巴，和我朋友描述的一模一样。这么说来，这家伙的爱是她面目全非的原因。

"我受不了了，"她说，"做点什么吧。"

"我不能让你变回原来的样子。你知道的，喀耳刻是一位法力无边的巫女，我无法解除她毒药的效果。我从不敢来这看你……可我没有一天不想你。"

“多么浪漫的故事！你就不能做点别的吗？”她问道。

“你想怎样？”

“帮我离开这里。”

“我不能……”

“那就尽你所能帮我忙。”

我明白她对他提出的要求，他想必也明白了。他闭上了眼睛，嘴唇颤动着——定是在念念有词。接下来是一阵沉默。

我急切地呼唤她：“斯库拉？”

“她不会再回答你了。”

那是格劳科斯的声音，离我很近，就在我洞穴入口处。

“为什么？”

“我做了我力所能及的唯一一件事：把她变成了一块石头。她将过着石头的安稳日子，纹丝不动，屹立不倒。还有……哦！”

“怎么了？”

“我没想到，我……”

他看着我。自从奥德修斯走后，我躲在自己的小窝里，就再没人见过我。我或许终于能搞清楚那位希腊国王在桅杆把他带走时还没来得及告诉我的事情。

“告诉我，我现在是什么样子。”

“我只看到一个山洞，里面有一个漩涡。你是变成这块被海浪啃咬的老礁石了吗？”

“那么说来，我一点都没个女人样子了？”

一阵哽咽涌了上来。

“靠边站，我的漩涡就要翻起来了。”

格劳科斯及时跳入海中，不见了踪影。

我吞下的东西，简直和海神一样惊人。这回是一艘船。这里已经很久没有船只经过了，就算有，也不会比小舟大多少。

我在漩涡中集中我剩下的意志，就像跳最后一支舞一样。

船不停转动，一次又一次。我吞下了太多海水，以至于船在海底停留了片刻，我可以看到海底的沙子和海藻。

我放弃了。有什么用呢？我不想再吃了。我任由海水从我张开的嘴巴里流下来。小船缓缓升起，继续航行。

我听到了有人说话：“你看，埃涅阿斯，这座海峡里有一股暗流。”

“我明白了，”水手说：“这股暗流是天然形成的，海里根本没有什么怪物，只有两块两两相望的礁石。”

两块礁石……我会变成那样吗？任凭波浪拍打、始终纹丝不动的礁石，一块会思考的东西，这就是格劳科斯对我的看法——一块无法移动的庞然大物。

我想歇一会儿。

我想让水手们通过，不再感到恶心。

我想拥有一段平静而安稳的生活，直到永远。

和我的朋友两两相望。

从此以后，人们将把我们唤作卡律布狄斯和斯库拉。一对形影不离的好伙伴，两个被命运捉弄的怪物，在很长一段时间内，曾让海上的旅行者胆寒。

卡律布狄斯
和斯库拉的传说

Le mythe de
Charybde et Scylla

你刚读完了大漩涡怪卡律布狄斯的故事，进入了她的世界。大家总是把她看作坏蛋，可为什么不深入了解一下她的故事？这故事又是如何诞生的呢？

什么是希腊神话？

神话讲述的是非凡人物的事迹。这些人物并非儿童传说中的英雄，而是整个民族曾经信奉的男女诸神：他们属于宗教的一部分。

在2000多年前的古希腊，曾经有过供奉宙斯、赫拉、雅典娜、阿波罗的神庙……也曾有过祭祀这些神灵的神职人员，以及向他们致敬的神圣运动会，比如著名的奥林匹克运动会就是献给宙斯的。

危机四伏的大海

古希腊人擅长航海。一是由于希腊沿海城市人口众多，二是因为希腊由许多岛屿组成，当地居民为获取食物就必须捕鱼。不过这种职业比较低贱，只有贫苦百姓才会去做。

希腊人也从事海上贸易。这种贸易活动比较受重视，投身其中的往往是居住在希腊的外国有钱人——的确，造船是需要钱的。希腊很少出产造船的木材，需要去意大利南部或黑海附近才能买到。商船上有甲板，与战舰不同。

希腊人的航海工具很少，只能根据太阳和星星的方位来判断行驶方向。为了不在海上迷路，他们通常在离海岸不太远的地方航行。因此，他们对海岸线了如指掌，以避开可能破坏船只的陷阱。

也就是说，海洋是一种重要的资源，但也是

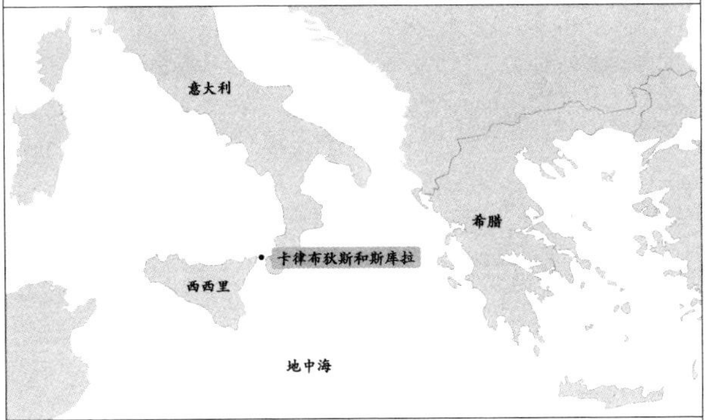

斯库拉的礁石和卡律布狄斯所在的洞穴在地中海的位置。

一个危机四伏的地方：海风、暗流、风暴都让海上旅行充满了不确定性。

希腊神话中的海洋

希腊神话以大大小小的海洋之神为特色，其中当然包括海王波塞冬、他的妻子安菲特里忒，以及安菲特里忒的几十个姐妹——被统称为涅瑞伊得斯的海仙女。波塞冬和安菲特里忒有一个儿子，名叫特里同，长着人身鱼尾。还有其他和大海有关的神灵，包括本书中提到的格劳科斯：他疯狂地爱着斯库拉，却因向巫女喀耳刻求助而失去了他的爱人。

希腊神话中也不乏有关海上危机四伏的描写。这些故事通常把危险拟人化，将其变身为杀人如麻的可怕怪物。海妖塞壬就是一个例子：这些人头鸟身的怪物歌声迷人，引得水手们跳入海中，她们就会趁机饱餐一顿。（参见本书作者另一作品《海妖塞壬利革亚》）卡律布狄斯和斯库拉也是如此：她俩共

© Tangopaso – 描绘格劳科斯和斯库拉形象的法国讷韦尔釉陶，以贝尔纳·萨洛蒙（Bernard Salomon）1557年版画为模板，1825年进入卢浮宫博物馆藏。

同守护着一湾海峡，一个化身为漩涡，另一个则变成让船只触礁的石头。水手们在两个危险中进退两难。有人推测，假如这个海峡不在黑海，那么就可能是地中海上位于西西里岛与意大利海岸之间的墨西拿海峡。

谁是卡律布狄斯？

她是大地女神盖亚和海神波塞冬的女儿。这姑娘总是很饿，有一天她从赫拉克勒斯那里偷了一头牛。可赫拉克勒斯自己也是贼，不只偷了一头牛，而是把整个牛群都拐跑了。在你们刚刚读过的故事中，为了让她的行为看起来更大胆，我设定卡律布狄斯偷了好几头牛。而宙斯为了惩罚卡律布狄斯的盗窃行为，并维护自己儿子赫拉克勒斯，就把这姑娘变成了一个怪物，还把她放在茫茫大海之中。在那里，她必须每天三次吞下自己能够吞下的所有海水，其中包含鱼虾海豚和船只，接着再把海水吐出来。

我们不知道她到底变成了什么样子。她通常被描述成一个巨大的海洋漩涡，象征着海洋对水手构成的危险。在《奥德赛》第十二卷里面，荷马说她住在一块低矮暗礁的洞穴里，入口被一株巨大的野生无花果树给遮住了。

谁是斯库拉？

斯库拉是海仙女。海神格劳科斯爱上了她，可惜姑娘对他并不动心。格劳科斯便向巫女喀耳刻求助……谁料想，后者爱上了格劳科斯。可这位海神心里只有斯库拉，喀耳刻就假装给了他一瓶送给斯库拉的爱情灵药——实际上却是一种强大的毒药。格劳科斯把它倒进斯库拉平时沐浴的泉水里。姑娘一进去，水刚刚到齐腰处，她的下半身就变了怪物。对此，各个版本的记载各不相同：通常是说她的双腿不见了，取而代之的是长在腰间的6只狗；不过，在《奥德赛》第十二卷中，荷马将她描述成一个有12只畸形脚

© Jastrow － 公元前450至前425年的阿提卡红绘钟形双耳爵一侧描绘的斯库拉形象，巴黎卢浮宫博物馆古希腊文物部藏。

和6个脖子的怪物，6个脖子上长着6个畸形的脑袋和3排牙齿。她住在一块巨大的礁石上。

为什么本书将卡律布狄斯和斯库拉拟人化？

希腊神话将卡律布狄斯和斯库拉描述成任人摆布的棋子，是海上危险的化身，也象征着希腊水手对大海的恐惧。这俩可怜的姑娘因具有超能力的众神之王和巫女一时兴起而变得面目全非，可她们真的只是龇牙咧嘴、嗜杀成性的怪物吗？说不定她们也有情感呢？

尤其是卡律布狄斯，她由于贪吃而变成怪物，再也无法动弹，只能忍饥挨饿慢慢等死，这是一种什么感觉？

人们通常把卡律布狄斯和斯库拉描绘成简单脸谱化的形象，从来不去探究她们的感受和愿望……对于她们改头换面之前的故事，更是知之甚少。

故事通常是从胜利者的角度来讲述的，可事实并不像乍看之下那么简单。

© Xxlstier – 乔瓦尼·安杰洛·蒙托索利（Giovanni Angelo Montorsoli）于1557年创作的海神喷泉中卡律布狄斯（右）和斯库拉（左）的雕像。

改变命运的几次相遇

卡律布狄斯和斯库拉的命运是同希腊神话中几位重要人物的命运交织在一起的：

首先是英雄赫拉克勒斯。他是宙斯和凡人阿尔克墨涅生的儿子，因此宙斯的妻子赫拉出于醋意就想置他于死地。他被迫完成12项功绩，其中就包括将在海上小岛独自放牧的巨人革律翁的牛群带给他堂兄欧律斯透斯。赫拉克勒斯被禁止购买牛群，所以他就只能偷了。为了完成这项功绩，他用狼牙棒打死了放牧人欧律提翁和双头犬俄耳特洛斯，还用箭射伤了巨人革律翁，随后利用太阳神赫利俄斯借给他的金钵带上牛群逃之夭夭。返回希腊的途中危机四伏。根据某种说法，卡律布狄斯是从赫拉克勒斯那里偷走了一头公牛，因此才受到了宙斯的惩罚。

第二位是从特洛伊战争中归来的奥德修斯。他和希腊人一起打赢了这场战争，并辗转十年历经千辛万苦才回到家。他在巫女喀耳刻那里停留了很长时间。当他想离开时，巫女警告他，前方有危险正等着他。她特别提到了海妖塞壬、大漩涡怪卡律布狄斯和斯库拉。多亏了这些建议和他自己的计谋，这位英雄才侥幸死里逃生。

还有伊阿宋。他和同船英雄们一起去寻找金羊毛（神话中飞羊的毛皮）。后来在远东公主兼巫女美狄亚的帮助下，成功盗取了珍贵的宝贝。可他从科尔喀斯回家途中危险重重，其中之一就是要从卡律布狄斯和斯库拉守卫的狭窄航道中死里逃生。他最终在几位涅瑞伊得斯海仙女的帮助下成功脱险。

最后一位是特洛伊王子埃涅阿斯。他是安喀

© Before My Ken – 由古希腊画家杜里斯（Douris）在公元前480年至前470年制作的陶盘，上面描绘着伊阿宋被守卫金羊毛的恶龙从嘴里吐了出来，梵蒂冈博物馆伊特鲁尼亚馆藏。

塞斯和女神维纳斯的儿子，被罗马人视为他们文明的奠基人。公元前1世纪时，古罗马诗人维吉尔在《埃涅阿斯纪》（该故事讲述了埃涅阿斯在特洛伊陷落之后辗转来到意大利，最终成为罗马人祖先的故事。——译者注）中曾写到埃涅阿斯询问占卜师赫勒诺斯，以提前了解他前往意大利的旅途中即将遇到的危险。后者特别提到了卡律布狄斯和斯库拉，建议他绕道避开她俩并祈求朱诺（赫拉的罗马名字）的帮助。

古代文献记载

古代很多文献记载中都提到了卡律布狄斯和斯库拉：有的只是将她们作为英雄冒险故事中的点缀；有的虽然会多记叙几笔，可始终还是将她们作为配角。这些文献中比较重要的有阿波罗多罗斯的《书库》、荷马史诗《奥德赛》、奥维德的《变形记》以及维吉尔的《埃涅阿斯纪》。

后世对传说故事的艺术加工

历代多位画家都曾对这个著名的传说故事进行艺术加工。古代人对两个怪物多有描绘；从16世纪起，视觉艺术再次挖掘该主题，其中比较值得一提的是意大利画家亚历山德罗·阿洛里（Alessandro Allori），还有荷马史诗《奥德赛》一书的插图。

如今，“从卡律布狄斯这边落入斯库拉之手”

© Soerfm – 亚历山德罗·阿洛里（Alessandro Allori）大约于1575年创作的壁画，描绘了奥德修斯的归程和他乘船从卡律布狄斯和斯库拉之间经过的情景。

(tomber de Charybde en Scylla) 依然是法语中的常用谚语，意思是“才出虎穴，又入狼窝”——刚逃脱一个危险却落入另一个更大的危险之中。

趣味游戏手册

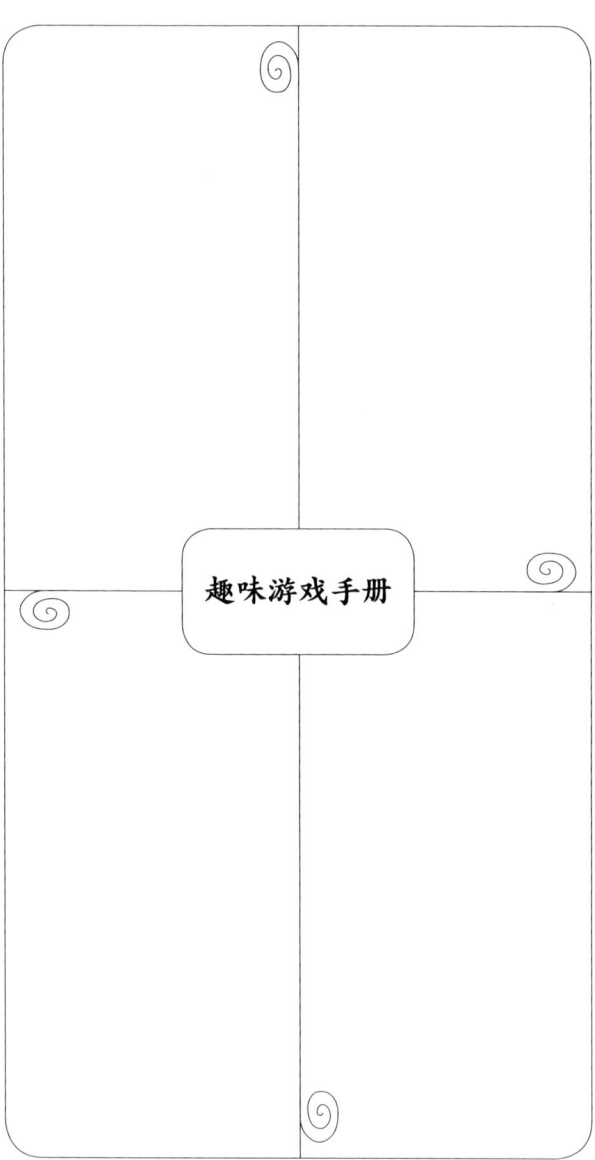

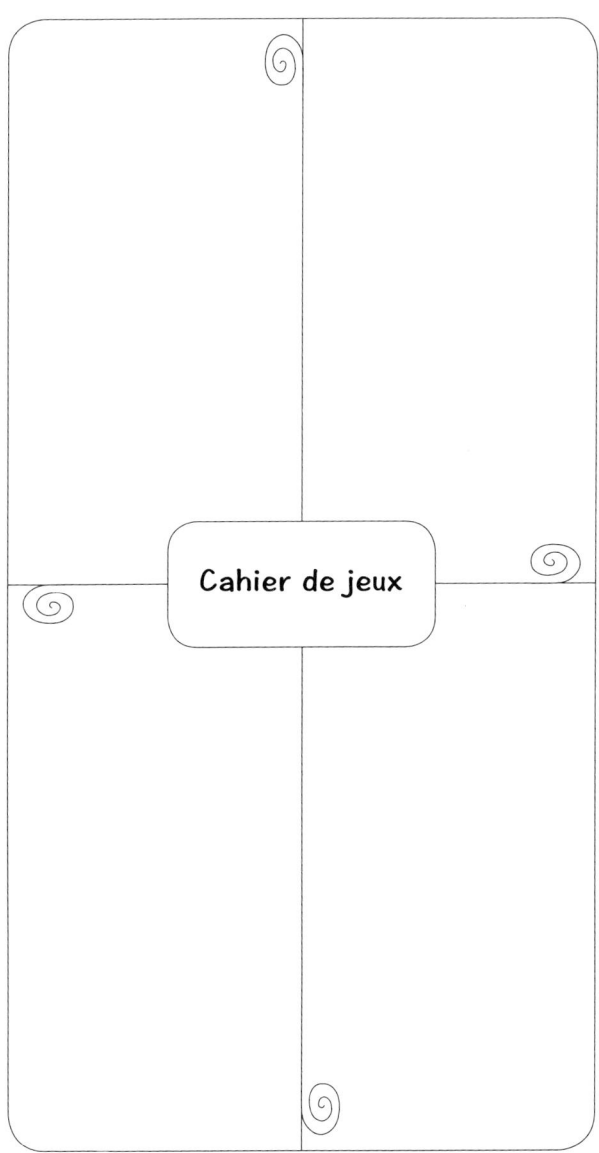

Cahier de jeux

问答题

1. 卡律布狄斯的父亲是谁?

2. 卡律布狄斯变成了什么?

3. 她偷了谁的牛?

4. 谁惩罚了卡律布狄斯并把她变成怪物?

5. 为什么斯库拉变成怪物?

6. 在卡律布狄斯变成石头之前，谁是最后一个见到她的人?

填空题

*根据您刚读完的故事为这段文字填空。

提示：下划线的数量同缺失词语中的字数相一致。

卡律布狄斯是 __ __ 和波塞冬的女儿。她总是很 __。当她听说 __ __ __ __ __偷了牛群，就决定从他那里偷走 __ __。可当她吃下第一口牛肉时，她受到了 __ __ 的惩罚，变成了 __ __ __ __。

对错题

*请指出下列说法是否正确。

---

1. 卡律布狄斯是波塞冬和盖亚的女儿。

   对还是错?

2. 卡律布狄斯听到松鼠的话，得知了赫拉克勒斯偷牛的事迹。

   对还是错?

3. 斯库拉上半身是人，腰间长着四只狗。

   对还是错?

4. 奥德修斯抓住了卡律布狄斯洞口的无花果树，这才死里逃生。

   对还是错?

5. 美狄亚和伊阿宋杀死了美狄亚的父亲。

   对还是错?

6. 格劳科斯把斯库拉变成了岩石。

   对还是错?

连线题

*将每个角色的名字同你刚读到的故事中的话语相匹配。

斯库拉	“只要你不招惹它们，它们就不会招惹你。好啦，来吧！你从没去过我的海底宫殿。那里可神奇了，你看了就知道！”
奥德修斯	“太棒了。真了不起。咱们俩真是天造地设的一对儿。”
美狄亚	“你饿了？好吧，从此以后，吃东西将成为你唯一所愿，小姑娘。”
卡律布狄斯	“那时我的水手们饿坏了，他们就杀死了属于神灵的灵牛充饥。”
宙斯	“你既然得到了你此行想要的金羊毛，那么现在就带我去希腊。”
波塞冬	“告诉我，我现在是什么样子。”

答案

问答题

1. 波塞冬。
2. 大漩涡怪。
3. 赫拉克勒斯偷了巨人革律翁的牛群，卡律布狄斯又偷了赫拉克勒斯的牛。
4. 宙斯。
5. 因为喀耳刻出于嫉妒为她下了咒，也因为格劳科斯想要用爱情灵药迷倒她。
6. 格劳科斯。

填空题

1. 盖亚
2. 饿
3. 赫拉克勒斯
4. 三头
5. 宙斯
6. 大漩涡怪

对错题

1. 对。卡律布狄斯是波塞冬和盖亚的女儿。
2. 错。卡律布狄斯听到了两只鹰的交谈，得知了赫拉克勒斯偷牛的事迹。
3. 错。斯库拉上半身确实是人，不过腰间长着六只狗。
4. 对。为了不被卡律布狄斯吃掉，奥德修斯松开了桅杆，一把抓住了无花果树的树干。
5. 错。他们杀死了美狄亚的兄弟阿普绪耳托斯。
6. 对。因为格劳科斯，斯库拉才倒了大霉，他最后把她变成了石头，帮她彻底解脱。

连线题

斯库拉："太棒了。真了不起。咱们俩真是天造地设的一对儿。"
奥德修斯："那时我的水手们饿坏了，他们就杀死了属于神灵的灵牛充饥。"
美狄亚："你既然得到了你此行想要的金羊毛，那么现在就带我去希腊。"
卡律布狄斯："告诉我，我现在是什么样子。"
宙斯："你饿了？好吧，从此以后，吃东西将成为你唯一所愿，小姑娘。"
波塞冬："只要你不招惹它们，它们就不会招惹你。好啦，来吧！你从没去过我的海底宫殿。那里可神奇了，你看了就知道！"

人啊，认识你自己!

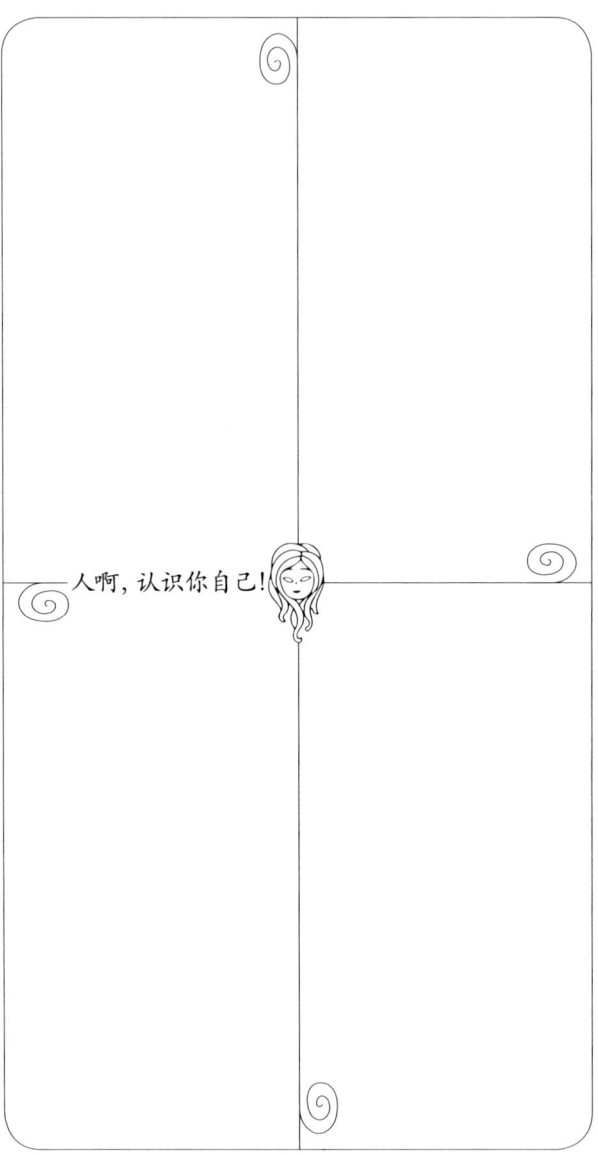